Au voleur
de médailles !

Auteur : Yvon Brochu
Illustrations : Roxane Paradis

L'Alphabet sur mille pattes

Domaine des mille pattes

Dans la collection
L'Alphabet sur mille
pattes, des animaux
rigolos vivent des
aventures drôles,
drôles, drôles !

Ils sont 26.

Découvre l'histoire de
Gertrude, **H**ector
et **I**gnace
dans le Domaine
des mille pattes.

Chapitre 1

Gertrude
la présidente des Jeux d'été

Demain, c'est un grand jour au Domaine des mille pattes.

C'est le début des Jeux d'été.

Une vraie fête pour tous les animaux.

Gras, gros, grands, grognons ou mignons, tous participent aux compétitions.

Les Jeux sont organisés par Gertrude, la présidente.

Gertrude n'est plus agile comme une gazelle. Elle est même un peu grassouillette.

Mais attention ! Elle est encore très gracieuse.

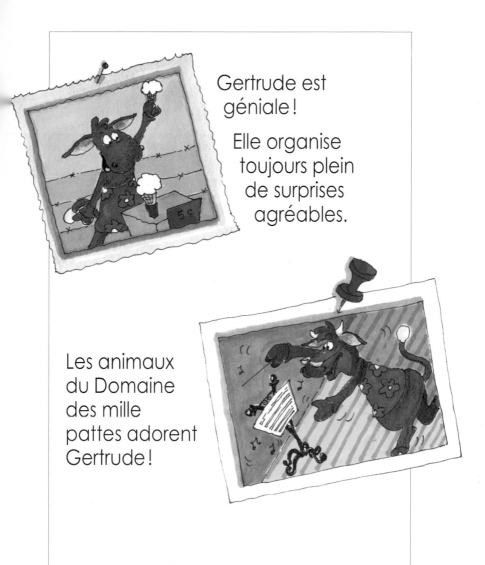

Gertrude est géniale!

Elle organise toujours plein de surprises agréables.

Les animaux du Domaine des mille pattes adorent Gertrude!

En ce moment, Gertrude a chaud dans la grange devant ses chaudrons.

Ses amies guêpes Gigi, Grigri et Grégorie jouent les marmitons.

Elles font du chocolat, qui bout déjà...

Gloup! Gloup! Gloup!

Gertrude a fait trois recettes.

Une avec de belles pépites de caramel. Pour les médailles d'or. Hum!

Une autre avec de petits fruits secs, ronds comme des pièces de dix sous. Pour les médailles d'argent.
Humm!

La dernière avec de gros cristaux de sucre d'érable. Pour les médailles de bronze!
Hummm!

Tous les animaux veulent gagner des médailles et grimper sur le podium. Pour la gloire!

Mais surtout pour goûter le bon chocolat de Gertrude.

Hummmmm!

Gertrude a terminé. Elle lance un grand OUF! Puis, elle dépose ses médailles dans un coffret.

– Allez! Ouste, mes petites chéries! ordonne alors Gertrude. Laissez-moi seule!

– Grrr, grrr, grrr! grognent Gigi, Grigri et Grégorie.

Aussitôt, Gertrude quitte la grange sur son vélo.

Notre élégante Gertrude semble glisser sur les blés. On dirait un bateau qui vogue sur l'eau.

Et, comme chaque année, ses amies guêpes la suivent.

Gertrude pédale vite vers le petit pont. Elle cache toujours ses médailles en dessous. La fraîcheur du ruisseau garde le chocolat bien dur.

– Gertrude, attention à la rosée du matin! siffle soudain le vent, inquiet.

Trop tard! Le vélo de Gertrude glisse sur le gazon. Elle plonge dans le ruisseau.

Pauvre Gertrude! Elle reste dans l'eau, sans bouger. Elle est toute dégoulinante.

Soudain, ses yeux s'ouvrent grand.

– Mon coffret a disparu! lance Gertrude, découragée. Pas de médailles, pas de Jeux!

MAIS QUI A DONC VOLÉ LES MÉDAILLES DE GERTRUDE?

Chapitre 2

Hector
l'arbitre en chef des Jeux d'été

Hector est un coq en or. Il assure la sécurité de tous les animaux.

Il est policier, mais aussi… pompier !

Parfois, Hector devient même garde du corps.

Hector adore jouer les héros. Un peu trop, peut-être...

La nuit, il fait des cauchemars.

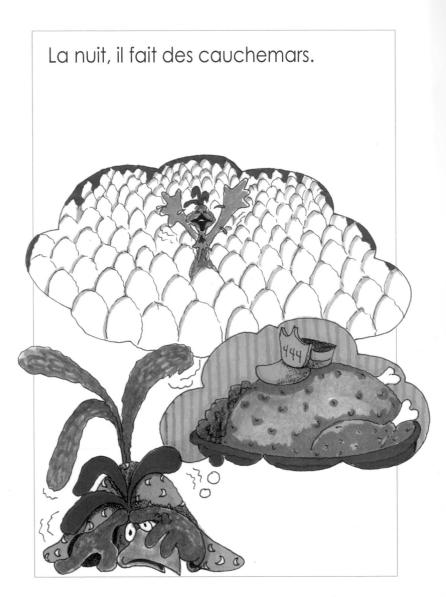

Il devient un héros pas très habile.
Ni très fort.

Quelle horreur!

Par bonheur, Hector est aussi
le chouchou de Gertrude. La
présidente a nommé le charmant
coq arbitre en chef des Jeux d'été.

Tout un honneur pour Hector!

Ce matin, Hector
est dans son
hangar.

Hector est
de très
bonne
humeur.
Il vérifie ses
huit sifflets.

– Hou, hou, hou ! fait le hibou sur
une branche du chêne, à bout de
patience.

Puis, soudain...

– AÏE! fait Hector. On m'a piqué!

– Oui, c'est moi! dit Gigi, la guêpe.
Gertrude a besoin de vous!

Hector enlève vite son chandail d'arbitre et saute dans son bateau, *Le grand héron.*

Et il part rejoindre Gertrude.

– Ah, Hector! crie la présidente. On a volé mes médailles! Mon coffret est tombé près du petit bosquet. Il a disparu. Sans médailles, pas de Jeux!

29

– Pas de panique, Gertrude !

Aussitôt, le coq regarde partout autour du bosquet.

– Ah, ah, ah ! Un petit poil tout noir ! s'écrie Hector. Oh, oh, oh ! Une petite tige de maïs brisée ! Hi, hi, hi ! Je sais qui est le voleur…

– Mais le voleur est peut-être déjà loin, Hector. Et vous n'êtes pas un très bon coureur...

– Pas de problème, madame la présidente ! Je vais laisser courir... mon petit génie de cerveau. Au revoir !

LE CERVEAU D'HECTOR
VA-T-IL SAUVER LES JEUX D'ÉTÉ ?

Chapitre 3

Ignace
le champion gourmand
des Jeux d'été

Ignace le raton laveur a l'air d'un bandit, avec son joli masque tout noir. Mais il n'y a pas plus gentil que lui.

La nuit, il rend service à ses amis. C'est un bon ouvrier aux griffes agiles.

Il joue du marteau avec brio.

Il travaille aussi fort que son ami le castor.

Oh oui, le raton laveur a un grand cœur.

Tous les animaux aiment beaucoup Ignace.

Pourtant, aujourd'hui, Ignace est devenu VOLEUR. Il a volé les médailles de chocolat!

Car il est très gourmand.

Ignace mange toujours des dizaines
et des dizaines de souris, des nids
d'insectes et des petits fruits.

En été, il grossit, grossit, grossit.
À l'automne, son ventre ressemble
à un gros melon.

En hiver, Ignace reste inactif et
ne mange plus. Il maigrit, maigrit,
maigrit. Au printemps, son bedon a
l'air d'un petit citron.

Le gourmand est nul dans les sports.

Nul, nul, nul!

Ignace n'a jamais gagné une médaille aux Jeux d'été.

Il n'a jamais pu goûter au bon chocolat de Gertrude.

Mais aujourd'hui, Ignace
a plein de médailles, qui
brillent dans son assiette.
Un vrai festin !

Mais alors, pourquoi Ignace a-t-il la
mine triste ?

Tout à coup, sur la rivière...

– Cocorico !

Hector saute de son bateau. Le coq est un ami d'Ignace. Il sait toujours où le trouver.

– Ah, Hector! Quelle joie de te voir! Peux-tu m'aider? J'ai des remords. J'ai volé les médailles de Gertrude...

– Ah... ah... ah bon!

Ignace dit qu'il n'est pas un voleur. Il est juste un peu trop gourmand...

– Les Jeux ne doivent pas être annulés, demain, par ma faute. Mais... je ne veux pas être puni non plus.

Soudain, Hector a une idée en or.

– Ignace, je vais tout arranger. Et je vais même te faire gagner une médaille...

Le lendemain matin, tous les animaux sont heureux.

Ils participent aux Jeux.

C'est aussi la fête dans le cœur du nouvel adjoint d'Hector.

À la fin des Jeux d'été, Gertrude remet une médaille d'or à chaque arbitre.

Quel bonheur pour Ignace !

Et ce soir-là...

Quel beau feu d'artifice!
Les animaux ont le cœur
qui explose de joie.